그리움이 홀씨되어

그리움이 홀씨되어

그리움이
홀씨되어

초판 1쇄 인쇄 2011년 05월 13일
초판 1쇄 발행 2011년 05월 20일

지은이 | 이두용
펴낸이 | 손형국
펴낸곳 | (주)에세이퍼블리싱
출판등록 | 2004. 12. 1(제315-2008-022호)
주소 | 서울특별시 강서구 방화3동 316-3번지 한국계량계측협동조합회관 102호
홈페이지 | www.book.co.kr
전화번호 | (02)3159-9638~40
팩스 | (02)3159-9637

ISBN 978-89-6023-600-4 03810

그리움이 홀씨 되어

이 두 용 시집

ESSAY

自序

꽃이 흐드러지게 피는 이때가 되면 가슴 며지도록 그리워 떠오르는 사람이 있다. 무척이나 꽃을 좋아하고 사랑하시던 어머니, 모습을 그리기만 해도 가슴이 시리다. 서재 책상 위에 어머님이 꽃놀이 가셨다가 활짝 핀 철쭉꽃을 안고 찍으신 사진이 놓여 있다. 지긋이 웃으시는 모습은 그저 바라만 보아도 폭 안기고 싶다. 그러나 나는 지울 수 없는 죄인, 태산이 죄이려니 하나 그마저도 너무 작고 가볍다. 어머님은 62세에 뇌졸중으로 쓰러지서 10년을 누워 게시다 생전 그 좋아하던 꽃구경 한번 못하시고 떠나셨다. 살아생전 잘 해드리지 못한 회한이 너무 커 어머니에 대한 그리움의 시를 많이 상재 했다. 이 시집을 하늘에 계신 어머니께 꼭 안겨드리고 싶어 제목을 「그리움이 홀씨 되어」로 정했다. 이 책을 받으시는 날 밤하늘을 바라보면 환하게 그 별이 꼭 웃으리라 믿는다. 그리고 큰 따님 혼사일로 바쁘신 중에도 시 해설을 써주신 자상하시며, 친형님 같으신 존경하는 최일화 시인님께 감사의 뜻을 표하며 마지막으로 사랑하는 가족에게 늘 감사한다.

2011년 4월
이 두 용

차 례

울 엄니 숨갈은 반 토막 숨갈

백마고지를 가보았네
철원평야 395미터 고난의 고지
그 고지를 보니
울 엄니 생각이 났네

작달비 오듯 쏟아지는
총탄과 포탄들
마사가 피를 토하는 그 산에
심장을 내놓고
울 엄니가 계셨네

자갈을 골라
삼태기에 담고 계셨네
총알이 빗발쳐도 포탄이 터져도
반쯤 허리를 펴곤 이내
생사(生死)를 나르셨네

나는 앙당거렸네
생피를 달라고

생살을 달라고
엄니는 몽땅 나에게 주시곤
어둑한 부엌으로 들어가서
빈 솥단지를 박 박
긁으셨네

또 긁으셨네
울 엄니 숟갈은 반 토막 숟갈
울 엄니
숟갈은 반 토막 숟갈

총성이 멈추고
가을 단풍이 붉게 물든 날
이제야, 이제서 야
온 눈으로 그 숟갈을 그려 보네
울 엄니 깊고 넓은 우물을 무엇으로
메워 드리나.

국화 밭에서

가을은
가을은 언제나
목마른
그리움으로 피어

올해도
나보다 한 발 앞서 핀 꽃에
왜 이리
가슴에 불이 활활 되살아나는지

온통 사랑으로 피어
웃음에
눈빛에
포근히 안기었던 그리움에
죽고
또 죽어서도 잊지 못할
모유의 향기가
사무치게 간절해지는
국화 밭에서.

벚꽃 놀이

이때쯤 일까
바람도 살며시 투정 부리는 날
어머님은
진해 벚꽃 놀이 다녀오시고는
애야,
세상은 모두 꽃이고
춤이더라
하시던 그 말씀이
귀에 벌이 들어앉은 듯합니다
어머님
이젠 봄도 그 봄이 아닙니다
요즘 교정에
벚꽃망울이 땡글땡글한 것이
금방 웃을 것 같은데
나는
하늘만 보는지요.

어머니 생각

보리가 누렇게 익어가는 날
하늘 높이 솟은
어미 종다리
내 자식 내 자식 정겹게 노래 부른다

아들놈 보니
울 엄니 생각이 난다
너도 자식 낳아서 키워봐야 이 마음 알지
지난 엄니 말씀에
눈물이 와락 쏟아진다.

꿈의 향기

꿈속에
살포시 오신 당신의 모습이
얼마나 반갑던지
꼭 한번만 더 안겨보고 싶었던
당신의 이름을
그리움이 커 부르지 못했습니다

오늘도
저물녘 강에 비친 노을을 바라보며
당신의
하늘이 온통 내리 듯
마음에 샛별들이 가득 차

환하게 쏟아져 다시 오시는 날
잠 길목에서
꼭 한번
꼭 한번만 더
다시 불러보고 싶은 이름
어머니.

꽁보리 비빔밥

똥구멍이 찢어지게
가난하던 시절
어머니는 바가지에 꽁보리밥과
나물을 넣고 썩썩 비비시다가
봉당에 노는 나를 불러
부뚜막에 앉히곤
찬장 깊숙이 숨겨두었던
들기름 한 방울
뚝 떨어뜨려 비비면
그 향은 부엌을 채우고
입안을 채우고
마음을 채웠지요
내 앞에 쪼그려 앉으신 어머님
나 두입 어머니 반입
어머님의 사랑은
은하수처럼 반짝이는 눈물.

그리운 어머니

하늘엔
달이 없다

그 날 이후로
밤하늘에
먹구름 속으로 숨어든 슬픈 달은
가슴 안에 슬그머니
안겨 있었다

가슴에
시린 비가 내린다
나는 돌아가야 하는 달을 붙잡고
밤새도록
얼굴을 비볐다

하늘엔 이제
달이 없다.

외갓집 가는 길

그 날은
등잔불 같은 그 날은
눈바람이 몹시 사납던 날
외갓집 가는
영인면 싸리미 방죽 길
나만치 큰 고춧대가 하얗게 질려 있었지
세상에서 가장 못난 죄는 가난이라서
눈물도 얼리고
콧물도 얼리고
내키지 않는 발자국도 얼리고
방죽도 얼어 온통 얼음 투성이었지
빈 쌀독 우는 소리에
엄니 젖도 얼어
등에 업힌 누이동생 울음 그치려
엄니 손잡고 외갓집 가는 길
세상에 따뜻한 건
엄니의 손과 눈빛 뿐
울 엄니는

세찬 눈보라 속에서도
친정 가는 길을 잘 알고 계셨지.

노랗게 핀 난 꽃 속에서

눈썹처럼 살짝 휜

그 사이로 보였어요

어머님이었어요

분속에서

까만 밤 밤새 뒤척이더니

숫대마냥 올라오셔서

살포시 미소 머금고 있는

당신의 눈망울을 똑똑히 보았어요

뛰어들고 싶었어요

그리웠어요

보고팠어요

사랑해요 그리워서 말예요

하늘에는 별만큼이나 웃음도 많겠지만

어머님의 미소야 말로 나의 행복이었어요

절대사랑이었지요

지상에도 벌 나비만큼 향기가 많아요 하지만

정말 향기로운 것은

당신의 젖내음이에요

그 내음은, 제 생명이고 존재이며

영혼이니까요.

어머니 노래

불러도 불러도
다시 부르고 싶은 노래

내 살이
바람에 날리고
백골이 퉁소 되어

피를
토하며
다시 부르고 싶은 그리운 그 노래.

하늘에는 부모님이

별을 세다
눈시울을 붉혔네
빛이 얼굴에 내릴 때
나를 보고 있었다는 것을 알았네

달을 보다
얼굴을 붉혔네
빛이 가슴을 적실 때
나를 보고 있었다는 것을 알았네

달과 별은
늘 거르지 않고
나만을 바라보고 있었는데
나는 그리울 때만 가는 눈으로 보았네

넉넉히 익은 밤
붙박이별 같이 웃었네
하늘엔 내 님이 있어
가을 같이 풍성하고 안온하다는 것을 알았네.

비석을 세워 드리고

대지에 솟은 하얀 이름과
검은 만큼의 무게가 모두 죄이라서
가위에 눌린 듯
삶이 어디 다 삶이던가요

지난 삶 속
까마귀들의 깍(不)깍(孝) 소리에
민들레 마냥 바닥에 납작 엎드리지만
무엇이 다를까요

세월의 눈시울엔
부모님 모습 일렁이고
그리움은 날로
우물처럼 깊어져 갑니다

정작 이제야
당신의 영혼을 지상에 세우며
겨자씨만큼이라도 무게를 줄이기 위해

산딸나무 가지처럼

미소 짓는 두 손으로 하늘을 바라봅니다.

주산지(注山池)에서 본 나

내가
나 자신의 지난 길목을
기린 같은 목으로 본 것은 모두 허무를
키운 것, 이제야

연못 속에
나무 그림자를 보고
회심의 미소를 지어보는 것에
진정 꿈이 아니기를

수막을 경계로
현실과 이상이 함께 있는
그 곳에
나는 존재하는 것

그 곳에
고요한 시선 담으니
마음에 잔잔한 파문이 일고
서 있는 것과 거꾸로 있는 것

그 사이에
자그마한 틈
봄, 여름, 가을 그리고 겨울, 나는
어디에 있을까.

들꽃

안개가 물러간 뒤
새로운 세상이 열린 듯
청량한 아침
산책길 숲속에 홀로
이슬 머금은 개망초 꽃을 보았네

밤새 귀뚜라미 소리 들으며
피었는지
가을향기 젖은
앙증맞은 꽃
이런 꽃을 보면 혼절할 것 같다

무한한 사랑을 느낀다
꽃이든 사람이든 홀로 있을 때
고독을 느껴야 한다
호수에 드리워진
맑은 자기 영혼을 바라보듯이

본연의

모습과 향기로 그윽한

들꽃처럼

이 아름다운 세상

청초하게 살고 싶다.

우이령을 넘으며

40년 만에
나의 대지를 소원의 노래로
목청껏 이제는 산아 울어라 하며
작은 통일의 길을 맨발로
가볍게 걷는다

지상의 비밀인양
온갖 꽃과 노랑나비들이 찰랑이고
대지는
온통 순정한 처녀와 같은
몸, 신비로이 꿈틀대는
동족의 길을
폭풍이 몰아치던
어제의 폭우도 심원(心願)에 품고 품어서
이제야 비로써
산야가 푸르름에 웃는다

기다린다는 것은
아직 살아있다는 질긴 숨결

큰 통일의

봄의 정령(精靈)은 분명 가슴에 있은 즉

우리 알몸이 되자

한 몸이 돼서

빛과 기쁨으로 충만한 천상을 보며

기대어보자 5월의 대지처럼.

소쩍이 우는 섬마을

달은 바다를
은빛으로 춤을 추게 하니
파도는 피아노 건반처럼 파닥이고
저 먼 숲속엔 소쩍이가 서글피 우네

검은 밤을 삼키던
백구(白駒)는 고개 들쳐 짖고
나는 해안을 따라 빛을 밟는다

이 밤 살라버릴까
소쩍 소쩍 소쩍
시린 그 울음에
나는 피가 섞인 소주를 가슴에 붓고

그리움 안은 마을에
여름밤은 파리해 가는데
철석철석 부서지는 소쩍이는 어쩌랴.

정동진에서

이 얼마나 신비한 새해 아침인가
보아라,
솟구쳐 오르는
오! 젊은 태양
참으로 아름다운 나의 혼불이 타오르고 있구나.

산다는 것은 파도 같은 것

산다는 것은
파도처럼 늘
가슴을 치고 또 치는 일
살며시 눈물이 납니다

괴로워 우는 것도
슬퍼서 우는 것도
더욱이 흘러간 세월이 아쉬워 우는 것은
절대 아닙니다

내가 누구인지
나는 어디에 있는지
나의 실체는 무엇인지
아직도 다가서지 못한 그리움 때문에

그 때문에
넓은 대양도
침묵하고 침묵하다가
무한한 의심이 생기면

절벽에 온 몸을 던져

부수고 또 잘게 부수어

하얀 선혈을 튀기며

존재의 고독함을 추구하듯 말입니다.

수도국산 달동네

골목골목을 쳐다봐도 고난의 길이 아닌
길이 없다 이리 뒤틀리고 저리 기울어져
삶이 그러했으리라

굽어진 골목 모퉁이 허름한 불록담장에
허기에 지친 모습으로 기대어 있는
연탄 냄새 그윽 풍기는 외로운 연탄집게와
부서져 내리는 슬픈 햇살
이곳 사람들은 질경이 같은 힘줄로
억세게 이 골목을 오르내리며 살았으리라

꿈은 달빛을 먹어
박꽃보다 더 흰데
웅크려도 디딜 틈 없는
콩만한 공간에 등짝이 시려도
마음만은 여린 마음만은
아랫동네 보다 못지않은 별을 가슴에 걸어 놓았으리라

달도 잠든 새벽이면 깡마른 다리로 씩씩하게 썰물처럼

빠져나갔다가 어둠도 삭히지 못한 달이 허기적허기적
뜨면 골목을 또 다시 깡다구로 올라온 달동네 사람들
산과 하늘이 맞닿은 이곳엔
민들레 홀씨처럼 웃음꽃이 하늘로 올라갔으리라

이제는 몇 가구 남지 않은 골목들
보는 이들의 눈망울조차 희미하고
아래로아래로 흘러가는 도랑물에
수도국산 달동네 달은 쓸리어 가고 있었다.

소래 갯고랑을 보며

여기 작은 난간에 서서
활같이 길게 휘어져 끝이 아물거리는
저 고랑이
지난 내 살아온 모습이라 생각하니
눈물이 글썽인다
비록 바다 같이 살아오진 못했지만
작은 둔덕 사이사이로
상심과 실패 사랑에 웃음까지
조용히 받들며 가늘게 살아왔다
때로는 걷는 것이 죽음보다 싫은 날도 있었지만
갯고랑은 하루에 꼭 두 번씩
내가 살아야할 의미가 무엇인지
어떻게 살아야 하는지를 알게 해주었기에
흔들리지 않고 살아왔다
오늘도 이곳에 와서 갯고랑을 바라보는 것은
지난 길을 되새기기보다
지금의 나를 보기 위해서다
언제나 그랬듯

그 길을 힘차게 오른 것도 나였고
가볍게 내린 것도 나였다.

눈 내리는 날

밉게도
곱게
내리고 있다

그 옛날
목 긴 여인의 하얀
속살이
바람에 날리듯

오늘
그 여인은
옷을
하얗게 벗고 있었다.

이 마음 홀씨 되어

가을에 미처
훨훨 날지 못한
홀씨는
하얀 눈송이를 이고

된바람 앞에
고독한 독백으로
새 봄을 말하고 있다

그러나
모두가 그리는 천사의 나라로
가는 길이
씨로 결정되는 것은 아닌 듯

햇살이
부드러운 향기를 토할 때
그리움의 홀씨는
누구의 마음인가.

강으로 내리는 비

강으로 내리는 비는
얼마나 슬픈가

저 애처로운
검은 눈망울을 봐
누구든 고향에 다다른
직전의 길목에서
잠시 한번쯤 머뭇거리며
뒤돌아보는 것처럼
슬픈 눈은 없는 것

누구나 한숨으로
세상을 살아가며
눈물로 꽃을 피우고
노래로 춤을 추지만
모든 것은
일순간에 일어나는 일

강으로 곧게 내리는 비는

얼마나 슬픈가.

바다에 서서

할 말이 많아
막상 바다에 서니
벙어리처럼 말을 잃어
한 마디 말도 하지 못했습니다
하얗게 떠 밀려온
파도 소리가
내 말인 양
멍히 바라보기만 했습니다
봄날 살바람같이 시원했습니다
지난 나의 말들은 한낱
부서진 파도의 포말 한 알에 불과해
하나하나
밟아 터트리며 걷다가
백사장에 새겨진 내 발자국이
파도에 의해
소리 없이 지워지는 것 또한 즐거워
미소 날리고
어깨춤 추며 오는 파도에
한 마디 말도 하지 않았습니다.

상쾌한 아침

나의 연약한 사고는
밤새 천둥소리에 시달렸고
창문을 때리며
낙상하는 빗방울의 비명소리는
애처롭게 가슴이 찢어졌다
나의 허영과 욕망의 슬픔 그리고
허기진 사자의 하품 같은 행복들
나의 모든 것은
투망에서 벗어나지 못하고
금방 잡히고 마는 물고기에 지나지
않았다
무엇인가 파도처럼 왔다가
바람처럼 사라지는
이상 속에 몸부림
나는 흑암에서 빠져 나오려
어제의 일을 일체 남기지 않고
햇살처럼 눈을 떴다
아,
상쾌한 아침.

워낭소리

언제나
그러 하듯이
새벽안개가 하얗게 피어올라
대지에 내릴 때
낡은 워낭은 울어서
산야를 가르고
그 소리는 진리와 같아서
자연과 같이 흘러 가는 것을

고집은
복종하는 것이 아니라
순종하는 것이어서
세월이 흘러서도
봄날의 매화 같이 아름답구나

그것은 또한
현실과 타협하거나
불의에 굽히지 아니하며
내리는 한줄기 광망(光芒) 같이

밝고 순수하여
아, 아름다운 것
하늘에 귀속하는 것

새벽안개에
고운 햇살이 꽂힐 쯤
이슬은 잎사귀에 흔적만 남기고
흙으로 스스로 귀환하듯
그 워낭소리 또한
노인이 내품는 하얀 연기 속으로
훨훨 날아간다.

노인과 페선

노인은
타는 노을이 마치
불이 춤추는 것 같아서
나이기를 거부하고

노인은
파도가 바다에 안기어 살듯
그 그리움의 벽을
허물지 못하네

노인은
어둠에 먹히는 수평선을 보며
울고 있구나

닻 같은 눈으로.

애기봉에서 임진강을 보며

새들도 넘나드는
저 강을
눈으로만 새겨야 하는가

하늘의 은하에도
쪽배 타고 갈 수 있으련만
허리 잘린 푸른 강

애기(愛妓) 처럼
마냥 넋 잃어
진토로 눈물 될까 봐

쑥갓머리 산
상봉에 나는 새야

언제 건널까 애달픈 강.

독 파는 아주머니

치마를 허리춤에 걷어 올린
아주머니가 쌍가락지를 낀
손등으로 독을 두드리니
크기와 모양에 따라
소리가 가지각색으로 난다

독은 맑고 청아한 소리를 내기위해
1200도 불구덩이의 고통 속에서
인내하고 인내했을까
보신각종 같은 소리가 나는
독을 고르더니
마른 물수건으로 안과 밖을 정성스레
닦고 또 닦으며

독이건
사람이건
항시 맑은 소리를 내야 돼, 하곤
내 얼굴을 힐끔 쳐다보며 독을

건네 준다
마치 화두를 안겨주는 것처럼.

덕적도 소나무 연리목 아래에서

본질만은 변치 말아야지
다짐을 하며 홀로 살을 깎는
굳은 맹세와 신념으로
반백년이 넘는 세월을 살아왔다

계절이 다가와 회유를 하고
새들이 노래로 유혹을 해도
내 영혼만큼은
어울림 속에 맨몸으로
지켜야 한다며 억세게 살아왔다

어느 날 곤파스가 찾아와
세상사 변화가 있어야 한다고
심하게 할퀴며 허리를 부러트리듯
호통을 쳤을 때도
나만큼은 변질될 수 없다는 듯
이길 아니면 갈 수 없다는 아집으로
당차게 버텼다 그러나

그것이 물러간 뒤

오롯한 바닷가에 해송 타는 내음 일고

다소곳 기도하는 파도 소리에

귀 기울일 때 그때야 나는 나 혼자

살아가고 있지 않다는 것을 알았다

내 곁엔 임이

늘 함께 있었다는 것을

그리고 나 또한

임안에 내가 영원히 존재하기를

갈망하고 있었다는 것을.

* '곤파스 :2010년 9월 제7호 태풍'

겨울나무

겨울나무는

혹한 속에서도

무슨 생각을 하며 칼바람과 맞서는 걸까

인내를 시험하는 걸까

불만에 대하여 시위하는 걸까

속내의 숨은 뜻은 깊고

인색하기만 한데

고독한 가지는

알아들을 수 없는 말을 한다

그게 뭐꼬 …

바다와 바위섬처럼

달빛 어린

물결만 보아도

무슨 생각을 하는지

밀려오는 파도 소리만 들어도

무슨 말을 하려는지

세월이 우리에게 가르쳐 준 것은 믿음이야

바다와 바위섬은

서로 섬기며 받들어 살기에

외롭지 않아

폭풍 같은 거대한 사랑보다는

잔물결 같은

이해의 넓이로 감싸주며

서로 한발 비껴주면서 살아야해

밀려오는 파도를

가슴으로 포옹하며

자신을 조용히 바라보는

바위섬처럼

우리 인내하며 믿음으로 살아야해.

외암리 마을에서

외암리 마을에
하얀 눈송이 밤새 소복이 내리니
설사 이곳이 내 고향이 아닐지라도
그 얼마나 설레는가

텃밭 팽나무 가지에
한 쌍 산비둘기 내려와 구구대며
구슬피 노래 부르니
그리운 고향 눈에 어린다

사립문 밀고 들어서면
매화나무 가지마다
눈꽃이 송골송골 피고 또 피고
언 손 잡아주던
내 임은 이제 눈이 되어 내리네

어제는 고향이
구만리 같이 멀기만 한데

눈 오는 마을에 서니

한 치 앞이 고향이구나.

가을나무와 낙엽

가을 나무에
나는 부끄러워야 했다
버림의 의미를 알리려
그리 어여삐 춤추는 나무

완전하고 영원한
참다운 그 모습에
나는 죽어야만 했다

청량한 한줄기 바람에
생을 맞기며
허공을 나는 수많은 이파리들
생명체로서
하늘의 뜻에 순종하는 것

오고 가는 것이
어찌 기쁘고 슬프지 않겠느냐만
영생을 증명하듯

가볍게 나는 모습에

나는 낮게 엎드리려 한다.

아내는 시인이다

아내는
하얀 박꽃 같은 시인이다
시에 대하여
초고도 할 줄 모르는 버선 같은 여자다

창가에 날리는 눈발에
따스한 숨결이
유리에 서리고 지는 것을 보면

화초들을 옮기고
잎사귀를 정성스레 닦으며
살포시 웃음 짓는 얇은 눈매를 보면

거울을 말끔히 닦고
지난 얼굴을 되새기며
그리운 향기로 화장하는 뒷모습을 보면

주방에서 음식을 장만하면서
식구들을 그리며

소박한 콧노래 읊는 소리를 들으면

시인은

새벽잠자리에서 일어나 첫 여명의 빛살을 바라보듯, 맑은 마음으로 세상을 바라보아야 하며, 순간순간마다 축척(逐斥)함이 없이 곧게 의식해야 한다. 시인은 질곡의 세월 속에서도 사랑을 잃지 않고 희생할 줄 아는 이가 진정한 시인이다. 그러므로 아내는 진정한 시인이다.

그 말 한마디

결혼한지 30년
사랑한다는 말 해봤을까
무던한 아내 투정 한 번 안하고
곁에 있어준 것 만해도 감지 덕분 하지
서양인들은 얼굴 비벼대고 입 맞추고
껴안고 사랑한다는 말
닭 모이 쪼듯 하건만
쑥스러운 말 멋쩍어
눈으로 말하고 가슴으로 전하고
이제까지 토닥거리지 않고 살아 왔는데
그냥 이대로 살아도 무심하다 할 것 같지는 않으나
그것은 단지 내 생각일 뿐
언젠간 언젠가는
낯 뜨겁더라도 한 번쯤
그 말 한 마디 해야 될 것 같은데
오늘도 출근하는 대문 앞에서
다녀오세요, 하는 아내의 거칠어진 손마디를 보니
혀가 돌같이 굳어져

그래,

멋대가리 없는 말 한마디.

수선화 사랑

오! 내 사랑
수선화여
새벽빛에 반짝이는 보석같이
언제나 이쁘오

지난 겨울
맹수 같은 눈보라 속에서도
카타리나 당신은
신천옹 가슴에 늘 피어 있소

하늘의
십자가 안고 무지개처럼 웃는
당신의 눈망울을 보면
지난 붉은 가슴 지워지지 않는구려

수선화
내 사랑
울안의 꽃이여

은혜로운 그곳에 온전할 때까지
가슴에 영원히 피어 주오.

옛 소래 염전

얼마나 열심히 살았었는지
지금도 짭짜름한 냄새가 물씬 풍긴다
소래 갯고랑 갯물이 흐르는 이곳에
바둑판같은 염전 결정지역에
꽃 중에 꽃, 바다가 피워낸 꽃, 세상에서 가장
아름답고 귀한 하얀 꽃, 소금꽃이 만발하였을
것이다 그 꽃을 피우기 위해 옹패 같은 사람들은
삼복을 등짝에 걸치고 옹패판을 피로 밀었으리라
그러다 염전에 어둠이 내리면
늦태지역에 잠긴 눈썹달과 싸라기별, 바다의 슬픈
이야기와 갈대 울음에 한 숨이 또 꽃을 피우고
소금꽃 물로 밥을 짓던 이곳을
지나노라면 울 아버님 생각과
그 옛날 옹패 같은 머슴들은
얼마나 고생하며 살았는지
지금도 짭짜름한 냄새가 물씬 풍긴다.

*옹패판 -항아리 등 옹기 깨진 것으로 만든 결정지역
*늦태지역-- 제2증발지 (염도 10~15)

산길에 들어서면

산길에 접어들면
작다 해도 고행의 길인지라
묵은 때 버리기엔
최적지이다
햇살 내리는 솔잎 아래로
비알 길 오를 때
흘리는 땀방울은
지난 마음의 일편이고
포행 할 때는
이승에서 벗어나
한 순간일지라도
얇은 미소 어깨에 걸친다
산마루 아래
아득히 펼쳐진
신비한 녹색의 계곡에
마음 실어 보내고
바람과 산새와 지저귀면
나무가 되고 바위가 되어
나를 잃게도 하고 나를 찾게도 한다.

용서를 빌자

새봄이 되어

활짝 웃고 있던

개나리, 벚꽃, 산수유들이

삐친 듯 입들을 굳게 다물고 있습니다

청명이지난지 오래인데

하늘이 작년에 이어 올해도

각성하라는 듯이 때 아닌

한강에 얼음 얼리고

강원도 산간에 눈발 휘날리고

서해에 풍랑 일어 천안함 인양에 차질이 빚고

프로야구 올 첫 시합이 취소되고

중국에서는 강진 7도가 발생해

400명 이상 사람이 죽고

나는 독감으로 인해 여러 날 몽롱하게

지냈습니다

자연의 뜻에 거역한

나의 잘못이 너무나 크기에

하늘을 향해

용서를 빌며 기도를 했습니다.

추억

눈이 춤추는
아름다운 이 항구에
너는 없구나

이런 날이면
하얀 속눈썹에 맑은 눈동자로
사복사복 걸어오던
너의 발자국 소리가 아직도
귓전에 선한데

어디에 있느냐
눈은 내리는데
너는 뱃고동이 울어대던 부둣가를
아주 멀리 떠난 것이냐

파도가 꿈꾸는
이 아름다운 항구에
너는 없구나.

나의 사랑하는 아들아

호승아,
아들아 고맙다
요즘 졸업을 앞둔
학생들이 자기 의사에 따라
원하는 곳에 취업하는 것은
하늘에서 별을 따는 것보다
어려운 일인데

경인년 초
눈꽃보다 더 하얗게
이슬보다 더 맑게 자라준
나의 아들 호승이가
듬직한 직장에 취업을 하여
우리 가정에
구주 같은 선물을 안겨줘
낭랑한 웃음이 하늘을 메우고도 남았다

행복은 내가
찾아야 하는 보물이지만

때에 따라선 이렇게 자식이

가져다주는 선물도 그에 버금가는

매우 선택된 행복에 기쁨이 충만하다

나의 사랑하는 아들아

너는 우리 집의 광명이야.

라일락 향기 가득한 날

아들이

첫 봉급 탔다고

저녁 식사를 하자고 한다

세상에 이런 날도

그래서 세상은 살만한 가치가 있다 했던가

우리 가족 셋은

송도 모 음식점에 가서

회사 이야기와 세상 이야기 그리고

가족의 행복과 사랑에 대한 이야기를 하면서

즐겁게 음식을 먹었다 먹다가

그놈 얼굴을 보니 마음이 울컥한다

자식도 품안에 있을 때 자식이라 했는가

이렇게 훌쩍 커서

제 밥벌이 하는 것을 보니

자기 세상을 찾아갈 때가 됐나

탯줄을 끊어 줘야 할 때가

창밖엔 나를 투영한 눈발이 하얗게 일고

돌아오는 길

2월의 밤은 짙은데
라일락 향기 가득하다.

안개 속에 핀 안개꽃

읽고 있는 책들과

알고 있는 모든 것들 그리고

내 곁에 있는 사람들과의 대화가

모두 꽃인 줄 알았습니다

어느 날 안개가

내 주위에 여러 날 지속 되었을 때

한치 앞을 가늠할 수 없어

방향을 잃었고

안개는 내가 한발 디디면

한 걸음만 물러나 줄 뿐, 더 이상

물러 주질 않았습니다

내가 걷고 싶은 길, 안개에 가려 잘 보이지 않은

그 길은 옛 사람들이

걸어간 길이었으나 그 길 위에서

모든 것을 잃지 않으려 버티었고

그러나 안개는 더욱

짙어만 갔으며 슬퍼지는 것은 깊은 상처와

허무한 마음뿐이었습니다

영혼이 혼미해질 쯤

습관적으로 쳐다본 저 곳에

만지면 부스러질 듯 부드러운 안개꽃을 보았습니다

나는 팔을 강줄기처럼 길게 늘려

팽팽한 긴장감속에 꽃을 잡으려

가까이 다가가려는 순간

그 꽃은 전에 내가 품었던 꽃이라는 것을 알았습니다

가슴으로 꼭 껴안으려 하자

그 꽃은 다시 안개 속에 묻히고

허탈병에 걸린 나는

꽃을 버릴 수밖에 없다는 생각뿐이었습니다

모든 걸 포기하려

두 팔을 벌리고 허공에 가슴을 던지자

어느새 그 꽃은

내 가슴속에 폭 안겨 활짝 피어 웃고 있었습니다.

봄바람 불면

봄바람 불면
향긋한
그녀 생각에
무심히 바라본 김포의 하늘아래 마루벤치

연녹색 긴치마 휘감듯
머나먼 여로
춤추며 오던 그녀
사랑의 향기 온 누리에 펼치면

죽었던 대지
웅성거리며 터지는 가쁜 숨소리
실가지
핏줄에 움트는 반가운 웃음소리

그녀 생각에
동그란 봄바람은
내 가슴에
폭 안긴 꿈같은 행복이어라.

천리포 보리밭에서

삼엄한 땡볕과
달래는 바람에도
고개만은 숙이지 않는
보리의 자존심

어느 곡식 중
긴 긴 겨울 서릿발 솟는 흑암에서
갖은 설움 받아가며
검은 세상 살아 보았는가

이른 봄
고개를 내밀면
실하지 못하여 죽는다고
숨통이 막히도록 밟히던

잊었는가
보릿고개
어느 곡식이 보리를 탓하랴
들판에 펄럭이는 황금 깃발.

뻐꾸기 우는 학교

이파리 무성한
숲속에 바람이 일면
창문 너머로 무심히 들려오는
뻐꾸기 소리

뻐국뻐국
수업도 잠시
당긴 듯 창가에 다가가
눈과 귀는 동시에 숲속에 머물고

내 어릴 적
싸리 담 뒤편 야산에서
그 소녀가 보고 싶다고
화자화자 하며 울던 뻐꾸기
그 뻐꾸기가

도화기계공고 동편
숲속에 와서 울어댄다

그 소리는 내가 수업시간에 들려주고픈

첫사랑 이야기.

언어 낚는 낚시꾼이 되어

어제도 오늘도

또 내일도

유구히 흐르는 강물에

낚시를 드리우고

은색 물결 위에 춤추는

찌를 바라보는 것은 행복한 일

비린내도 소실된

색 바랜 수많은 언어들은

질서와 무질서 속에 유유히 유영을 하고

그래도 혹시 낚시 바늘에 조심스럽게 미끼를 달아

내가 좋아하는

찌의 움직임을 유심히 바라보지만

팽팽한 줄을 느껴보기란 그리 쉽지 않은 일

온종일

때로는 이틀

드리운 낚싯대를 잃고

옷깃을 훔치며 달아나는
휘파람 같은 삭풍을 맞으며
먼 하늘에 흐르는 구름을 훔쳐볼 땐
고래심줄 같은 경련이 일고

본시 태공은
고기를 낚는 것처럼 보이나
움직이는 찌를 바라보며
생각과 생각 속에서 또 다른 마음을 잡아 올리는 것
나는 강물이 흐르지 않는 그날까지
그물 없는 망태기에
줄 없는 낚싯대로 고기를 잡아넣을 것이다.

어느 날 산행

삼성산
삼막사(三幕寺) 좌편
구름 앉아 노니는 봉우리
천주석탑(天柱石塔) 아래
세상이 굽어보이는
바위에 걸터앉아 내가 걸어온 길을 접어 보는데
애간장을 녹이듯
처량하게 우는
퉁소 소리가 산간을 구비구비 유희 하는구나

새가 되고 싶어라
나는 한 마리 새가 되어
이산 저산 이골 저골
넘고 넘다가
소나무 왼팔에 앉아
솔잎이 빨갛게 타도록 울고 싶어라
울다 지쳐 죽으면
이 산정에

새들이 앉아 노래 부르는

바위가 되고 싶어라.

해송집에서 본 석양

어느 가슴에 안기어 살아온
사랑의 꽃이기에
저리 황홀할 수 있단 말인가

하루를 살면서
정열의 사랑 온 누리 빛으로 다 내리고
이곳까지 성스럽게 달려온

붉은 꽃
하늘과 바다와 나도 고와라
사랑이 고와서 슬퍼라

저 사랑의 꽃에 입술을 맞추고
내 삶을 다 태우고
내 시를 모두 태우리.

해당화

천리포 사구에 가면
육지를 등지고
모래에 뿌리를 깊숙이 내린 채
먼 바다만을 바라보고 사는
해당화가 있다

그를 보거든 왜
바다만 바라보며 사느냐고 묻지를 마라
기다림이란 넓고 깊은 수심을 보는 것
폭풍이 밀려와 모래 바람이 거세도
더욱 뿌리 깊게 내리는 것

덧없이 무심한
세상에서도
해당화처럼 침묵하며
기다리고 또 기다려야 하는 것.

신종 인플루엔자

예비 된 검은 기침
하늘은 땅에 징벌을 내리실 땐
절규의 말씀으로 귀띔 하신다

어제 오늘 일이 아니거늘
인간은 앞만 보며 기는 뱀

쓰나미 때도
쥐와 미물들은 말씀을 경청하고 산으로 올랐다

인과응보(因果應報)
인과-율(因果-律)
모두 내 탓이요

산에 오르다
바위와 푸르른 나무를 보니
바위는 오늘도 침묵하고
나무는 바람결대로 흔들렸다.

가시나무에 찔리고 싶다

바닷가 언덕에 서서

수평선 너머를 바라보고

파도에 묻히지 않는 한숨을 꺾으며

무엇을 알려 할까

무엇을 이해하려 할까

바위섬에 핀 한 송이의

동백, 이파리에 얼굴을 비비는

바람, 숲속에 숨어 우는

벌레, 더욱이 화장을 한 여인의

미소는 전혀 알 수 없다

나는 꿈꾸고 있는가, 지금

무엇하나 알지 못하는 바람난 천둥,

신비의 영혼, 혹 만발한 꽃,

하늘의 빛뿐만 아니라

땅에 열린 수많은 말씀들도 도무지

알 수 없다

아, 가시나무에 찔리고 싶다

진실한 사랑의 가시에.

능소화

도화학교
동쪽 테라스 앞 화단에
능소화 한 아름
주홍빛 연지 곤지 곱게 바르고
수줍게 피었네

늘어진 줄기 마다
대롱대롱 붙잡고 핀 꽃들은
임 가다리듯
그리움 가득한데

칠월 장마
장대 같은 빗줄기에
꿈도 잠시
뚝 뚝 떨어져 눈물만 흘리니

드러내지 않고
자신을 지키며

기약도 없이 기다린다는 것은
의지대로 될 수 없는 고독함.

위대한 이름이여

세상공원에 나가 보았느냐
강건한 지혜의 손으로
빨강 파랑 노랑유모차를 밀고 가는 여인들
그 여인들의 이름은 모두 하나같이
하늘이 내려주신 성스러운 이름

어머니,
위대한 이름이여
절대적인 이름이여
천상에 날개 달린
죽어서도 부를 이름이여

한번 불려지면 어디 지워지는 이름이더냐
흘러도흘러도 닿지 못할 샛강처럼 우는 이름
하늘에서도 펴지 못하는 손
충만한 눈으로 위를 봐라
유모차가 줄지어줄지어 다니는 것을.

가을 사색

가을은 그리움
타는 나뭇잎에
볼이 붉어지는 여인을 보면
사랑하고 싶어진다

그리움은 파도
밀려가고 밀려오고
잊으려 잊으려 해도
빨갛게 타오르는 사랑

옷깃 여미듯
가슴만 아프게 하는 사랑
가는 구름 보듯
눈시울 젖게 하는 사랑

스치는 바람에
붉게 물들어 떨어져도
늦가을 향기처럼
영원히 잊지 말아요.

봄날 김유정역에서

선생님, 선생님역에도

봄 봄 어설픈 봄이 왔어요

당신의 안온한 가슴같이

아직 그 때의 뜨거운 기운이 머물고 있지만

창가에는 마른 바람이 지나갑니다

아직도 밖에는 길게 늘어선 데릴사위 같은 두 줄의 길

그 것이 만나는 저 곳에선

점순씨가

아롱아롱 걸어오고 있어요

봄을 그렇게나

애타게 기다리던 선생님

이제는 홈에 서있는 신호등도 지친 듯

지그시 두 눈을 감은 채 마주하려 하지 않고

지난 세월을 조용히 회상하고 있어요

그래요 세상이 어디

그리움 남기지 않고 갈 수 있는 힘이 있나요

선생님

선생님역의 새봄이

저 언덕을 넘어
강줄기를 따라 팔랑팔랑 걸어오고 있어요.

석양을 보며

혼돈

침묵

빛, 소리 없는 소리

서해의 장엄한 다비식은
얼마나 성스러우며 황홀한가

나도 그와 같을 수만 있다면.

바람을 부르는 바람개비

울어대는 갈대보다
내가 좋아하는 것은 고독한 바람이다

흰 뭉게구름보다도
고요한 파도보다도
갯고랑 뻘을 집어 먹은 그 바람이
가슴살에 깊숙이 박힌 것은

이별에 대한 슬픔
뒤돌아볼 수 없는 그림자
잊을 수 없는 자궁
비릿한 그 향기가 내 몸에 배어 있기 때문에

갯고랑 끝자락에 두 팔 벌리고
바람개비는 바람을 부른다.

그 말씀 잊을 수 없어

내 작은 호수에
당신이 살며시 던져준 밀알 하나가
파문을 일으키고
나는 부끄러워 둑을 넘어 숨었습니다

파문은 바람을 낳고
바람은 파문을 낳아
파문과 바람은 거대한 폭풍이 되어
내 작은 호수를 홀랑 뒤집어 놓았습니다

당신의 밀알이 싹이 터
내 호수의 중심에 다가올 때
파문도 작아지고
바람도 잠들기 시작하는 것 같았습니다

그러나 앙망하건데
당신의 던져준 밀알에
어찌하면 영혼이 영원히
잠잠하거나 고요할 수 있을까요.

생각나무

여명을 들치고
발그레하게 웃는
아침 발자국소리

오늘 내 가슴 나무에
어떤 꽃이 피고, 무슨
열매가 맺어
나의 영혼을 달래줄까

늘 붙들어 매놓지 못하는
마음 때문에
알지 못하는
자못 궁금한

한 구루의 생각나무

등대의 숨소리를 들어라

한때 사랑에
치어 가슴이 실명한 사람은
이 곳 묵호에 와
하얀 등대의 눈빛을 먹으며
바다를 떠나는 파도를 바라보라

어느 파도하나
제 가슴을 후려치지 않고
시퍼런 멍으로
피눈물을 흘리지 않은
파도를 보았는가

칠흑 같은 그믐이면
황소 눈처럼 불끈한
저 눈동자의 빛과 울음에
애환으로 퍽퍽 쓰러지지 않는
파도를 보았는가

길 잃은 돛이

붉은 눈동자에 흡입되면

고래처럼 울부짖듯이

사랑이 애절하고

삶이 소금에 절인 듯하면

묵호 바다에 나가

등대의 눈빛과 숨소리를 들어라.

문상

이 세상 모든, 모든 사람들은
한번은 꼭
낯설은 종착역에서
꽃마차를 타고 꽃길을 따라
고향으로 가야만 하는데

흔히들 인생은
덧없고 덧없다
허무 하다는 말을 곧잘 한다
그것이 정말일까
어느 누가 그 순간에
그것에 대한 참말을 했단 말인가

나는 오늘
한 주검 앞에서
올바른 자세로
국화꽃 한 송이 바치고
어린 손에 이끌려
하늘을 향해 오르는 웃음빛을 보았다.

한 해를 보내며

한 덩이
묵은 때를 버리려
차단된 투명 벽에 서서 겨울 날
하얀 미사포를 쓴 나무를
바라본다

오늘 하루쯤은
잔바람도 고개 숙이고
묵묵히
침묵으로 심장에
햇볕을 쪼이며

비움도 없고
채움도 없이
수레바퀴처럼 굴러가는
인생의 겨드랑이에

싱그러운 바람이나 맞혀야겠다.

새만금 방조제를 보며

아들이 결혼하면
손자가
할아버지
게는 어떻게 걸어 다녀요 라고 물으면
푸른 집 개 같이 걸어 다니지 또
조개가 어떻게 생겼어요 하면
그 집 똥간같이 생겼단다
그리 말할 것 같다

오직 높고 길게 많이 그것이 최선의 삶이 아닌데
우리는 지금 최상 최고만을 고집한다
그것도 감히 대자연을 상대로

나는 어제도
소래 갯벌을 거닐면서
수 만개의 게집을 보았다
다소 조금의 차이는 있으나 어느 이상으로
크게 짓거나 높게 지은 것은 하나도 없었다
갯고랑도 활 휘듯

이리 저리 부드럽게 휘어 있었지
고속도로 마냥 곧게 난 갯고랑은 없었다

나 때는 높이고 막고 넓히고
손자 때는 낮추고 트고 좁히고 할 것은
아침에 해님 보는 일과 같은 것이다.

별 하나의 내 사랑은

두 팔 벌리고
꽃밭 같은 하늘을 봐요
별은 왜 나를 보고 꽃처럼 방긋 웃는지
별 하나의 내 사랑은
서로 손잡고 마주보는 뜨거운 눈빛

밤하늘 없이는
흐드러지게 핀 보랏빛
웃음을 찾을 수 없어요
누구나 가슴에 별을 품고 살아가듯이
나는 무슨 별을 딸까요
오늘도 무성한 필연 같은 무게를 느끼는
아름다운 밤입니다

두 팔 벌리고
바다 같은 하늘을 안아요
별은 왜 보랏빛으로
나에게 속삭이듯 지긋이 말하는지

별 하나의 내 사랑은

햇살같이 따스한 하얀 마음.

첫눈

꿀에 취한
수 만 마리의 나비들이
춤을 춘다
이리 날고 저리 날며
하얀 몸짓으로 시를 날린다

대지에
닿는 쪽 쪽
흔적도 없이 사라진다는 것을
알면서도 보면서도 미친 듯
춤을 춘다

시를 날린다.

파도는

파도는
설교 하듯
사투리로 정겹게 말한다

일렁이는
양떼들을 보느니
그 속의 지팡이를 보라고

양치기가 부르는
심연의 노래는
영혼으로 들어야 한다며

파도는
같은 말을
두 번 다시 하지 않았다.

고독

까만 밤
밤새 뒤척이며
조용히 우는 까닭은
지난 지울 수 없는 그림자
유리잔에 담겨진
그리움

창문에 매달려
애타게 흘리는 저 눈물을 봐
저것은 상처야
벽에 박힌
영혼의 그림자

하얀 손으로
창문을 어루만지며
나를 붙들고
가슴에 파고드는
핏물

문신은
깨지지 않는 유리잔
나를 버리려
멀리 떠나는 길에
소리 없이 내리는 가을 비.

봄이 왔어요

봄
봄이 왔어요
산과 들에도 내 마음에도
봄이 왔어요

문배마을 뒷산
진달래 가지가지마다
꽃망울이
터질 듯 터질 듯
구곡폭포를 힘차게 뛰어
내리는 물길마다
기쁨의 메아리가 산골을 덮칩니다

개여울에도
새 봄이 왔다며
물들이 재잘재잘 뛰어다니고
어린 버들강아지들도
머리를 조아리며
봄 찬가를 부르고 있어요

여울가
바위에 홀로 앉아서
굽이쳐 달려오는
새 그림자들을 바라보며
통통 튀어 오르는
봄을 주워 봅니다.

거울속의 두 얼굴

"거울에 침을 뱉지 마세요"

아파트 들어가는 현관 벽

거울에 붙어있는 주민들에게 당부의 글이다

아마 아이들이 장난으로 그리 했으리

승강기를 기다리다

문득 성애 같은 빛살이

나의 심부를 결박하듯 혹독한 두려움을 느꼈다

과연 나는 오늘 태양과 함께 살면서

절망의 나락인 혀를

얼마나 놀리며 살았을까

언행은 그 사람의 실체인데

신열이 온몸에 용광로 같이 달아오르고

가슴까지 삭아 내린다

다시는 보고 싶지 않을 두려움에

거울이 깨어지기를 빌며

아니 차라리 침 묻은 거울 속에

금수 같은 이빨을 드러내 보이고

절규의 통곡을 하는 것이 더 나을 것이다

하늘이 듣는 통곡을 해야지

거울의 거울 그 속에

나 닮은 또 다른 나의 얼굴을 바라보며

내면에서 삭아 나오는 마른침을 뱉어야지

현관 거울에 붙여진

"거울에 침을 뱉지 마세요"를

아주머니 그냥 두세요

그 속에 청아한 침을 뱉겠어요

호수처럼 맑은 그곳에

하루도 빠짐없이

진솔한 내 모습 비춰 보이겠어요.

상(賞)

진실한 삶과
아름다운 고독의 소리는
시인의 노래라며
황금찬 시인님이

내 손에
샛별 하나 꼭 쥐어주시고
그 별을 청아한 눈으로
진솔한 마음으로
그 빛을 품어보라 하신다

겸손한 자세로
꿈틀대는 대지의 심장에
귀 가까이대고 봄 터지는 소리를
들으라 하신다

소리는
겨울날 동굴 속을 지나는 바람 같아야

봄날의 매화같이
새록새록 피어나리.

무소유

쿵 쿵
땅 꺼지는 소리

내 밥 가져가네
내 생명 뺏어가네

나뭇가지 뒤
빼꼬미
다람쥐 한 마리

잽싸게 내려와
볼이 터져라 집어넣고

바위에 걸터앉아
항변하듯
빌고 비는데

도토리나무

서슴없이 버리네
모두 버리네.

자아탐구

바위는
탄생을

가위는
번뇌를

보는
죽음을

손을 내지 않는 것은
깊은 깨달음을 얻은 것이다.

시와 사랑

불면의 밤
별이나 헤아려볼까
아니 따서
가슴에 꼭 품고 사랑한번 해봐야지

사랑한다고 미소를 보내면
마음을 줄까
혹 좋아하는 것을 사랑이라고 오해하는 것은 아닐까
밤이 물고 오는 새벽이 두렵다

그것을
내 주인인양 사랑해야지
온 하늘에 가득 차도록 흩뿌려서
눈부신 밤을 만들어야지

커튼을 밀치고 달려온
여명의 눈동자 눈빛처럼
사랑을 해야지
사막의 햇빛처럼 따갑게.

바다의 미망인

석양이 기울 때
곁에 다가온 회색빛을 매만지며
바다에서
홀 갈매기 선회하듯
그리움의 노래 슬피 부른다

눈시울
너울거리면
비린내 나는 주소 없는 편지에
울컥 토한 긴 한숨과
비명도 귀먹어야했던
갈대의 눈, 그 눈이

썰물을 보며 파도가
안고 온 옛 향기를 품는다
지난날
갈바람 같은
자욱한 안개 속에

홀연히 들려오는 뱃고동소리
갈대가
흰 머리 휘날리며
구슬프게 부르는 노래는
스쳐간 바람만이 알 수 있으리.

꽃이 피는 이유

직장에 출근하기 전
이른 아침 세심을 하기 위해
숨 고르며
오르는 조그만 언덕길에

진달래가
서둘러 먼저 웃고 있네
무지개가 피어 있는 곳보다
이곳이 더 좋은 양

다른 꽃들보다
햇살 먼저 받아
살포시 웃고 가지는 작게 흔들리고
어제 지고 오늘 다시 꽃피우고

조용히 다가가
이 세상이 그리 좋아 하고 물으니
꽃술이 씽긋 하며
암향을 코끝에 살짝 묻혀주네.

꽃사슴

이과수 가지에
걸린 달
사슴 같은 달
너를 그려보니
절로 가을이 일구나

바람은 달고
물소리 고운데
수심(愁心)은
물기둥 같아
애처로이 구름만 흐르네

너는 꽃사슴
고운 눈
둥근 눈
행여 저 달 볼까
행여 저 달 처다보고 있을까.

김창곤 선생 영정 앞에서

하얀 국화꽃 속에서 살포시 웃고 있는
모습은 예전의 그 얼굴 이였으나 늘
명랑하던 김선생의 입김은 차가운
얇은 유리벽을 덥히진 못했습니다
무엇을 보았기에 그런 미소를 짓는지
누구나 한번쯤 선택의 여지없이
가야만 하는 절대적인 외길이지만
이렇게 서둘러 떠가는 자의 뒷모습은
가는 이 보내는 자 모두 바라보기가 쓴
바람 같은 것 그러나 우리가 잠시 만났다
헤어지는 여기의 이별에 슬픈 눈물은
잠시 삼가하기로 합시다.

존재의 이유

그녀의 친절함 만으로 나를 한낮의 태양 같은 기쁨으로
충만 시킬 수는 없습니다. 오직 한 마리 새의 깃털 사이
에서 노래하는 자유로운 바람일 뿐, 그것이 나의 돛에 입김
을 불어주고 먼 바다를 바라보게 할 수는 없습니다.
그러나 그녀는 나의 진실한 사랑입니다. 나는 그녀 앞에서
등을 돌릴 수는 절대 없고, 무릎을 꿇고 끝내 피할 수 없는
노예인 것은 자명합니다. 그녀의 아름다운 피리 소리에서
놀아나는 뱀입니다. 그래서 그녀에게 나는 사막에 황금으
로 가득한 오랜지 색으로 불타오르는 신기루 같은 황홀한 향기
의 침묵을 배우고 있습니다.
그것이 내가 의심에 의심을 더하여 스스로 꽃피울 수 있도
록 태풍의 눈처럼 살아야 하는 이유입니다.

원죄

고요하고 신비한 모습은
온 대지의 옷을 벗기고 한줄기 빛과
어젯밤 내린 비로
말끔히 씻긴 나뭇잎사귀에
한 방울의 이슬
나는 빨간 빛으로 충만한 과수 알에서
반사되는 달콤한 섬광을 보았다

공기 속에 향기 날리고
알에서 튕기는 빛 속에
독기서린 눈웃음이
심장을 겨냥하여 다가오고 있을 때
인내심은 작았다 커졌다 있었다 없었다
어떻게 행위 하여야 할 것인가 대하여
검은 웃음을 결코 보지 않겠다는 굳은
약속은 하지 못한체 서성이고 있었다

대나무 같이 푸른 긴 손을 내밀어
보드라운 빨간 알을 취하여 쓰다듬고

달콤한 향기를 맡은 다음
날카로운 송곳니로 덥석 깨물었을 때
배, 도마도, 감, 참외 갖은 과일 생각에
가슴이 불덩이 같이 화끈거렸다

충혈된 눈으로 사물을 보고
삐뚤어진 입으로 노래를 불렀으며
부러진 팔 다리로 춤을 추고
구부러진 손가락으로 남을 가리키며
세 치 혀로 쓴 말을 다하고
작은 주머니에 억지로 나를 구겨 넣으려
화를 냈으나 부끄럽지 못했다

나무와 꽃들과 하늘과 그리고 강
최초의 나무숲 그리며
무릎을 꿇고 두 팔을 벌리고
흑암에서 빠져 나올 수 있는 부드럽고
섬세한 빛을 달라고
단순하고 명료한 맑은 소리를 들려 달라고.

가을 민들레

한 올의 햇살을
가슴에 꼭 품고
열십자로 묶인 나무아래
낮게 날고 싶어

다소 곳
두 손 모은 모습은
삶이고
생명이고
온 몸이 은혜입니다

바람 부는 날에
밤새 머리 조아려
땅에 납작 드리운 채
하늘을 온전히 바라보며

오롯이
소담스럽게 핀

가을 민들레는
누이동생 닮은 꽃입니다.

용서 하소서

아버님이 작고하신 후
그 방을 말끔히 서재로 꾸미고
예쁜 화초도 사다 놓고
애지중지 키우던 목부작 석부작도 올려놓고
사이사이 수석도 보기 좋게 끼워 놓았다

독수리같이 생긴 향나무 뿌리에
난을 붙여 솟구치는 듯 뻗은 뿌리와
초승달 같은 푸른 잎사귀들을 보며
하루를 거르지 않고
아침에는 밤새 안녕, 마실 물을 주고
퇴근하면 달려가 눈빛 사랑을 하였다

살아생전
용돈도 넉넉히 드리지 못하고
맛있는 음식도 자주 사드리지 못하고
좋은 옷 한 벌 못해드리고
해외여행도 못 보내드리고
아프시면 제때에 병원에 모셔가지도 못하고

문안 인사도 꼬박 드리지 못했는데

못 해 드린 것이 너무 많은
불효자식
하늘을 보니 억장이 무너진다
돌아가시기 전날 의식이 없으신
아버님 손을 잡고 속죄의 눈물을 한없이
흘렸지만 뻥 뚫린 아린 가슴 아직도 메울 길 없네

장마가 물러난 어느 날
부모님 산소에 풀이 무성할 것 같아
찾아뵙고 절을 올리는데 회한에 뼈가 마른다
어찌해야
어찌해야.

불만

시에 대해
긴 밤을 눈물로 지새워야 했다

여름밤은 기린 목 같이 길고 높은데
손톱 뽑힐 듯
시린 가슴 가시를 토한다

어쩌면
간난 아이가 읽을 수 있고
지팡이 잡은 소경이 볼 수 있는 그 낮은 곳에
작은 비수 하나 숨길까

요즘은 촉이 없단 말이야
맹독을 품어
맞으면 시퍼런 선혈이 튀어야 하는데
어느 시인의 말씀

깊어가는 밤 달을 보며
울고 싶어라 늑대같이.

해설

이두용의 시에 나타난 어머니와 바다 이미지

최 일 화 (시인)

　이두용 시인은 공학도다. 공학을 전공하고 수십 년 째 공업고등학교에서 학생들에게 기계의 원리와 실기를 가르쳐온 중진교육자다. 이렇게 평범하게 교육자의 길을 걸어오던 이두용이 시를 접하고 시에 관심을 갖기 시작한 것이 10여 년 전이라고 했다.

　어느 날 내가 근무하는 학교로 전화가 걸려왔다. 이두용이었다. 몇 마디 인사가 오간 후 다짜고짜 잠시 후 들르겠다는 것이었다. 그날 이두용은 내게 시집을 한 권 건네고 갔다. 자신의 이름으로 상재한 첫 시집이었다. 나는 깜짝 놀랐다. 예전에 10여 년이 넘게 같이 근무했었지만 이두용이 시를 쓴다는 기색은 어디에도 없었기 때문이다. 자신의 시집을 들고 온 이두용이 오히려 낯설었다.

　그 후 이두용은 인천 문인협회에 가입하게 되었고 꾸준하게 시작에 전념하더니 얼마 전 두 번 째 시집을 준비한다며 발문을 부탁하는 것이었다. 87편에 달하는 방대한 양의 원고를 받아놓고 난감했다. 어디서부터 어떻게 공략해야 이두용 시의 전모를 파악할 수 있을까? 시간은 하루 이틀 지나가는데 나는 어떻게 손을 써야 할지 망설이고 또 망설일 뿐이었다.

일단 작품을 읽기로 했다. 전 작품을 한 번 읽고 다시 두 번째 읽어가면서 이두용의 관심이 어디에 있는지 대략의 윤곽이 잡히기 시작했다. 비로소 연필을 들어 작품을 소재별로 분류했다. 가족을 소재로 한 작품이 22편이었는데 특히 어머니를 소재로 한 작품이 15편이나 되었다. 그리고 자연을 소재로 한 작품이 30편이었다. 그 중에서 바다를 노래한 시가 단연 많아 15편이었다. 그리고 삶의 애환이 서린 인고의 세월을 노래한 시가 10편에 달했다. 그리고 나머지 20여 편은 통일의 염원, 시인의 자화상, 사랑, 죽음, 인간의 원죄의식 등 다양한 주제의 시로 채워져 있었다.

시는 언어의 예술이다. 아무리 사상이 위대하고 시적인 발상과 감수성이 뛰어나다고 해도 언어가 뒷받침되지 않는다면 훌륭한 시가 될 수 없다. 그래 시인은 바로 언어를 다루는 장인이라 하지 않는가. 사상과 감정을 표현하기에 가장 적절한 말을 적재적소에 활용함으로써 한 편의 시가 완성되는 것이다.

그럼 구체적으로 작품을 통하여 이두용의 시세계를 살펴보기로 하자. 어머니는 인류 보편적인 사랑과 헌신의 대명사다. 동서고금을 막론하고 어머니를 칭송하고 어머니의 사랑을 그리워하는 예술작품은 헤아릴 수 없이 많다. 어머니는 생명의 근원이며 영원히 우리와 함께 할 사랑의 키워드다. 이두용만의 특별한 소재도 주제도 아니다.

이런 보편적인 소재를 다룰 때는 까딱 잘못하면 개성의
향기를 잃고 시가 무미건조하고 보편적인 내용 일색으로 되
어갈 소지가 다분하다. 이런 만인의 공통 소재를 가지고 예
술작품을 만들 때는 그래서 각별한 주의가 필요하고 나만
의 특수 경험을 가미하여 자기만의 독특한 색깔과 모양을
부여해야 한다.

이 점에 이두용 시는 성공하고 있다. 어머니를 그리워하데
이두용 식의 개성이 번뜩이는 시편이 보이기 때문이다. 어머
니의 삶을 백마고지 전투에 비유한 '울 엄니 숟갈은 반 토막
숟갈'같은 시가 바로 그렇다.

백마고지를 가보았네
철원평야 395미터 고난의 고지
그 고지를 보니
울 엄니 생각이 났네

작달비 오듯 쏟아지는
총탄과 포탄들
마사가 피를 토하는 그 산에
심장을 내놓고
울 엄니가 계셨네

자갈을 골라
삼태기에 담고 계셨네
반쯤 허리를 펴곤 이내
생사(生死)를 나르셨네

-이하 생략

'울 엄니 숟갈은 반 토막 숟갈' 1.2.3연

위 시에서 우리는 전쟁터에서 전쟁을 하듯 묵정밭을 일궈온 어머니의 고단한 삶을 읽을 수 있다. 포탄이 비 오듯 하는 그 산에 심장을 내놓고 계신 어머니는 바로 희생과 사랑으로 목숨까지 내놓고 자식들을 길러낸 우리들 어머니의 숭고한 넋이 아닌가. 그 생사가 촌각을 다투는 상황에서 자갈을 골라 삼태기에 담고 계신 어머니에게서 치열한 삶을 살아오신 우리 어머니의 강인한 모성애를 읽을 수 있다.

가난하던 어린 시절 어머니와 함께 부엌에 앉아 꽁보리밥을 비벼먹던 추억을 떠올리기도 하고(꽁보리 비빔밥), 벚꽃이 필 무렵 생전에 벚꽃나들이를 다녀오셔서 어머니가 하신 말씀을 떠올리며(벚꽃놀이) 어머니를 그리워하기도 한다. 누구에게나 어릴 적 외갓집 가던 일이 있을 것이다. 시인은 한겨울 꽁꽁 언 시골길을 따라 어머니와 함께 외갓집 가던 길을 실감나게 묘사하고 있다.

어머니 등에 업힌 누이동생, 세찬 눈보라, 얼어붙은 방죽, 마치 전쟁을 피해 피난을 가듯 외갓집을 찾아가던 모습이 시인의 언어로 생생하게 되살아나고 있다. 이 시인의 관심의 대상은 어머니뿐이 아니다. 아내에 대한 사랑을 읊은 시가 네 편이 있는가 하면 아들에 대한 사랑과 기대를 노래한 시도 두 편이 보인다.

결혼한 지 30년
사랑한다는 말 해봤을까
무던한 아내 투정 한 번 안하고
곁에 있어준 것 만해도 감지 덕분 하지
서양인들은 얼굴 비벼대고 입 맞추고
껴안고 사랑한다는 말
닭 모이 쪼듯 하건만
쑥스러운 말 멋쩍어
눈으로 말하고 가슴으로 전하고
이제까지 토닥거리지 않고 살아 왔는데
그냥 이대로 살아도 무심하다 할 것 같지는 않으나
그것은 단지 내 생각일 뿐
언젠간 언젠가는
낯 뜨겁더라도 한 번쯤
그 말 한 마디 해야 될 것 같은데
오늘도 출근하는 대문 앞에서
다녀오세요, 하는 아내의 거칠어진 손마디를 보니
혀가 돌같이 굳어져
그래,
멋대가리 없는 말 한마디.

- '그 말 한마디' 전문-

이 시는 바로 아내에 대한 시인의 사랑이 잘 나타나 있는 시다. 서양인들은 밥 먹듯이 말하는 사랑한다는 그 말을 한 번도 하지 못하고 살아온 세월을 되돌아보며 시인은 회한에 젖는다. 그리고 멋대가리 없는 자신을 깊이 깨닫는 것이다. 이것이 한국식 사랑이다. 남들 앞에서 사랑한다는 말을 밥 먹듯 하는 것이 우리에겐 오히려 낯설고 어색한 것이다.

이 시인은 아들에 대한 사랑도 잊지 않는다. 수많은 소재 중에서 시인이 어떤 소재를 선택했다는 것만으로 그 대상은 시인에게 큰 의미로 다가왔다는 것이다. 이 시인에게는 아들이 하나 있는 것으로 알고 있다. 이 아들이 대학을 졸업하고 별을 따듯 어렵다는 취업에 성공했을 때의 기대와 든든한 생각을 두 편의 시에 담아놓았다.

아들이
첫 봉급 탔다고
저녁 식사를 하자고 한다
세상에 이런 날도
그래서 세상은 살만한 가치가 있다 했던가
우리 가족 셋은
송도 모 음식점에 가서
회사 이야기와 세상 이야기 그리고
가족의 행복과 사랑에 대한 이야기를 하면서
즐겁게 음식을 먹었다 먹다가
그놈 얼굴을 보니 마음이 울컥한다
자식도 품안에 있을 때 자식이라 했는가
이렇게 훌쩍 커서
제 밥벌이 하는 것을 보니
자기 세상을 찾아갈 때가 됐나
탯줄을 끊어 줘야 할 때가
창밖엔 나를 투영한 눈발이 하얗게
일고 돌아오는 길
2월의 밤은 짙은데
라일락 향기 가득하다.

-'라일락 향기 가득한 날' 전문-

아들이 첫 봉급을 타던 날 시인의 가족은 송도의 한 음식점에서 저녁식사를 함께 한다. 아들을 바라보는 아버지의 그윽한 눈길이 느껴지지 않는가. 얼마나 노심초사하며 그 아들을 길렀을 것인가. 아들을 키워 이제 독립시켜 놓으려 할 때쯤이면 부모는 늙는다. 그 아들이 태어났을 때 시인은 혈기왕성한 젊은 아빠였을 것이다. 그 아들을 뒷바라지하며 무수한 풍설 속을 지나 아들이 첫 월급을 타던 날 가족들이 함께 식당에 모여앉아 있다. 그 정경만으로도 가슴이 뭉클하다. 아들이 그만큼 크는 동안 아버지도 나이를 먹었다. 이제 예전처럼 젊은 아빠가 아니다. 정년이 임박한 환갑 불원한 부모가 되었다. 시적인 성취 이전에 이러한 가족풍경을 보여준 것만으로도 이 시는 의미가 있다.

그리고 이 시인의 정신 풍경을 가장 잘 드러내 주고 있는 시어가 바로 '바다'다. 대부분의 시인은 자연에 관심을 갖는다. 예술은 자연의 모방이라는 아리스토텔레스의 말을 떠올리지 않아도, 자연으로 나아가라는 루소의 외침을 상기하지 않아도 시인은 본능적으로 자연을 탐색하고 자연 속에서 예술의 소재를 찾게 마련이다. 자연만큼 진리에 가깝고 신의 모습을 뚜렷하게 보여주는 것도 없기 때문일 것이다. 그럼 이두용 시에 나타난 바다는 어떤 바다인지 함께 살펴보기로 하자.

얼마나 열심히 살았었는지
지금도 짭짜름한 냄새가 물씬 풍긴다
소래 갯고랑 갯물이 흐르는 이곳에
바둑판같은 염전 결정지역에
꽃 중에 꽃, 바다가 피워낸 꽃, 세상에서 가장
아름답고 귀한 하얀 꽃, 소금꽃이 만발 하였을
것이다 그 꽃을 피우기 위해 옹패 같은 사람들은
삼복을 등짝에 걸치고 옹패판을 피로 밀었으리라
그러다 염전에 어둠이 내리면
늦태지역에 잠긴 눈썹달과 싸라기별, 바다의 슬픈
이야기와 갈대 울음에 한 숨이 또 꽃을 피우고
소금꽃 물로 밥을 짓던 이곳을
지나노라면 울 아버님 생각과
그 옛날 옹패 같은 머슴들은
얼마나 고생하며 살았는지
지금도 짭짜름한 냄새가 물씬 풍긴다.

*옹패판 -항아리 등 옹기 깨진 것으로 만든 결정지역

*늦태지역-- 제2증발지 (염도 10~15)

- '옛 소래 염전' 전문 -

위 시에서 우리는 이두용 시인의 바다는 어떤 바다인지 짐작케 하는 단서를 발견할 수 있다. 소래염전을 지나며 아버지의 모습과 염전에서 일하던 머슴들을 떠올리는 것이다.

소금꽃 물로 밥을 짓던 이곳을
지나노라면 울 아버님 생각과
그 옛날 옹패 같은 머슴들은
얼마나 고생하며 살았는지
       - 3연 -

그렇다면 시인의 아버지는 아마 바닷가 염전에서 염업을 하던 염부였을 것이다. 아마 시인의 유년기에 시인의 바다는 몸과 마음에 각인되어 내면화되지 않았을까. 염전은 주로 서해바닷가에 있지 않은가. 시인의 고향이 서해안의 어디쯤으로 유추해도 무방할 것이다. 이어서 우리는 시인의 시에 나오는 많은 바다풍경이 염전과, 그리고 서해안 어촌과 관련 되어 있다고 생각할 때 우리는 한층 가까이 시인에게 다가갈 수가 있는 것이다.

바다는 단번에 그 의미가 들어오지 않는 광대한 공간이다. 엊그제 고은시인의 강연을 들었다. 그는 지구(地球)라는 표현은 잘못 되었다며 수구(水球) 혹은 해구(海球)라고 해야 맞다며 바다의 중요성을 강조했다. 이 망망대해를 포함하고 있는 바다 이미지 중에 이두용이 차용하고 자기를 투영하고 있는 바다는 어떤 바다인가?

그의 바다는 '나의 혼불 같이 태양이 솟구쳐 오르는 바다'(정동진에서)이고 '사랑이 애절하고/ 삶이 소금에 절인 듯하면/ 묵호바다에 나가/ 등대의 눈빛과 숨소리를 들어라 (등대의 숨소리를 들어라)와같이 동해바다의 등대를 노래하기도 하지만, 아무래도 이시인의 바다는 갯벌과 갯고랑이 있고 갈대가 나부끼고 석양이 있고 간만의 차이가 확연히 드러나는 서해바다 쪽에 더 가깝다. 이런 바다에 대한 그의 사랑이 때로는 분노로 표출되기도 한다.

아들이 결혼하면
손자가
할아버지
게는 어떻게 걸어 다녀요 라고 물으면
푸른 집 개 같이 걸어 다니지 또
조개가 어떻게 생겼어요 하면
그 집 똥간같이 생겼단다
그리 말할 것 같다

오직 높고 길게 많이 그것이 최선의 삶이 아닌데
우리는 지금 최상 최고만을 고집한다
그것도 감히 대자연을 상대로

나는 어제도
소래 갯벌을 거닐면서
수 만개의 게집을 보았다
다소 조금의 차이는 있으나 어느 이상으로
크게 짓거나 높게 지은 것은 하나도 없었다
갯고랑도 활 휘듯
이리 저리 부드럽게 휘어 있었지
고속도로 마냥 곧게 난 갯고랑은 없었다

나 때는 높이고 막고 넓히고
손자 때는 낮추고 트고 좁히고 할 것은
아침에 해님 보는 일과 같은 것이다.

-'새만금 방조제를 보며' 전문-

　위 시는 새만금 방조제로 갯벌이 없어지면 생겨날 새로운

풍속도를 신랄하게 풍자하고 있다. 왜 자연 그대로의 갯벌

과 바다를 인위적으로 막느냐는 분노며 비판이다. 그는 이

시에서 게와 조개를 모르는 손자와 할아버지의 대화를 선
문답으로 표현하고 있다. 오늘날 환경문제는 지구에서 가장
시급한 문제다. 온갖 오염물질로 뒤덮여가는 지구를 생각하
면 숨이 막힐 지경이다. 땅에서 바다에서 하늘에서 오염은
날로 심각하여 인류를 위협하고 있다.

　갖가지 묘안을 짜내어보나 그 효과는 미미하다. 핵무기의
위협은 항존하고 이번 일본의 사태처럼 원전의 위협 또한
상존한다. 갯벌을 메우는 작업이 먼 후손에게 과연 이익이
되는 일인지 면밀하게 검토하여 추진해야 하는데 목전의 이
익에만 혈안이 되어 환경을 파괴하는 행위를 시인은 강한
어조로 질타하고 있다. 부당한 처사를 보고 분노하지 않고
비판하지 않는다면 그것은 시인으로써 직무유기다. 다른 어
떤 시편보다도 이 시에서 그의 시정신이 확연히 드러난다.
그리고 꼭 짚고 넘어가야할 작품이 있다. 바로 인고의 세월
을 묵묵히 견디는 사물과 생명체를 노래한 시가 10편이나
된다는 사실이다. 자연에 순응하면서 묵묵히 그 삶을 견뎌
보람을 창출하는 모습들이다. 아래 시 '천리포 보리밭에서'
는 긴 겨울을 견디고 이른 봄 밟히고 밟혀 몸이 으스러지도
록 밟히고서도 살아남은 보리. 땡볕과 세찬 바람 속에서도
올곧은 자존심으로 삶을 지탱하여 마침내 들녘을 황금빛으
로 물들이는 보리의 미덕을 칭송하고 있다. '독파는 아주머
니' '겨울나무와 낙엽' '워낭소리' '수도국산 달동네' 같은 시들
이 이 부류에 속하는 작품들이다.

삼엄한 땡볕과
달래는 바람에도
고개만은 숙이지 않는
보리의 자존심

어느 곡식 중
긴 긴 겨울 서릿발 솟는 혹암에서
갖은 설움 받아가며
검은 세상 살아 보았는가

이른 봄
고개를 내밀면
실하지 못하여 죽는다고
숨통이 막히도록 밟히던

잊었는가
보릿고개
어느 곡식이 보리를 탓하랴
들판에 펄럭이는 황금 깃발.

-'천리포 보리밭에서' 전문-

　이제 몇 편의 작품을 중심으로 각 소재별로 이두용 시인의 시를 훑어봤다. 이 외에도 이두용의 시엔 사랑의 문제, 죽음의 문제, 인간의 원죄, 일상생활의 사소한 문제에 이르기까지 다양한 작품경향을 보이고 있다. 나는 옛날에 한 유명 시인의 시학강의를 들은 일이 있다. 한 편의 짤막한 시를 가지고 1시간 강의를 꽉 채우는 것을 보고 혀를 찬 일이 있다. 그만큼 시란 오묘하고 다양한 뜻을 내포하고 있다. 한 편의 시엔 그 시가 태어나기까지의 역사가 있고 복잡한 시론이 있고 시인의 사상과 철학이 있다. 그리고 시인만의 독특한 경험이 녹아있기도 하다.

　내 짧은 안목으로 어찌 한 시인의 시를 안다 할 수 있겠는가. 아직도 의미를 감추고 독자에게 얼른 모습을 드러내려 하지 않는 시가 이 시집에도 여러 편이다. 때로는 시가 분명한 의미를 내보이지 않고 모호할 때도 있다. 말로 설명할 수 없는 오묘한 일이 자연계에도 또 인간 세상에도 있게 마련이다. 그렇다고 시가 그것을 따라서 모호하게 만들어져야 할 필요는 없다. 하지만 아무리 적절한 표현을 찾아보아도 그렇게 표현될 수밖에 없는 필연적인 경우도 있게 마련이다. 우리는 시인의 그런 고충을 때로는 이해해야 한다.

　다 알다시피 우리의 천재시인 이상(李箱)은 건축기사가 아니던가. 그만큼 공학은 한국시와 밀접하다. 2009년도 한국 최고권위의 미당문학상은 김언시인에게 돌아갔다. 김언 시인은 혜성같이 나타난 30대 중반의 젊은 시인이다. 그는 산업공학과 출신이다. 너무나 유명한 조병화 시인도 물리학을 전공한 과학도가 아니었나. 시는 문학을 전공한 사람들의 전유물이 아니다.

　경찰관, 은행원, 군 장성, 변호사, 의사 등 모든 직업군을 막론하고 시를 쓰고 시인이 될 수 있다. 농부, 가정주부, 노점상, 10대 시인부터 90을 넘긴 노시인까지 남녀노소불문하고 시를 쓰고 시를 사랑한다. 천 명의 시인에겐 천 개의 시론이 있다는 말도 있다. 시는 어떤 주어진 틀이나 공식에 잘 꿰어 맞추면 되는 것이 아니다. 개성에 따라 자기의 방식대로 시론을 수립하고 전개하고 확산시킬 수도 있다. 시가 난해하면서도 누구나 쉽게 접근할 수 있는 것도 시적 성취의 길이 이렇게 다양하기 때문이다.

이두용 시인은 뒤늦게 문단에 나온 시인이다. 모든 일이 그렇듯이 시도 하루아침에 큰 성과를 기대할 수는 없다. 꾸준하게 문장수업을 하고 자신의 언어를 확보하고 수많은 시적인 경험을 통해 발전할 수 있다. 부족한 점을 보완해가며 이두용 시인이 시와 함께 풍요로운 삶을 가꾸어가길 바란다.

벚꽃, 개나리, 진달래, 목련이 만개하고 라일락 향기가 날리는 가운데 어제 밤부터 부슬부슬 봄비가 내리고 있다. 이 봄비에 저 꽃잎들 다 지고 말면 어쩌나 걱정이 된다. 저 꽃 지고나면 또 신록이 우거지고 다시 장미의 계절이 오고 아카시아향기 또 진동할 것이다. 우리의 4계절은 정말 아름답다. 계절마다 그 독특한 아름다움으로 우리를 맞이하고 있다. 바쁜 일상 속에서도 서점에 가 시집 한 권 사 읽는 마음의 여유를 갖기를 바란다.

2011. 4. 26

인천남동고등학교 후관 영어전용구역 교무실에서